John Lennon Jean Jullien

IMAGINE

Este livro é especial para mim. As palavras foram escritas por meu marido John e vê-las ilustradas neste belo livro me deixa muito feliz. Ele compôs *Imagine* pedindo paz no mundo. Hoje, mais do que nunca, precisamos de paz; sendo assim, penso que suas palavras continuam sendo importantes.

Todos querem se sentir felizes e seguros. E podemos, do nosso jeito, ajudar a tornar o mundo um lugar melhor. Devemos sempre conservar o amor em nossos corações e cuidar uns dos outros. Devemos sempre partilhar o que temos e defender as pessoas que são tratadas de forma injusta.

E é importante que façamos isso, não só com nossa família ou nossos amigos. Temos de tratar a todos igualmente, não importando de onde eles sejam ou se falam uma língua diferente. Afinal, o pombo deste livro acolhe os outros pássaros, não levando em consideração a cor das penas ou o formato do bico.

Ao agir dessa maneira, podemos fazer a diferença, dia após dia.
Cada pequeno gesto de bondade ajuda a mudar o mundo.
Você pode fazê-lo, eu posso fazê-lo, todos nós podemos.

Imagine. Juntos podemos fazer a paz acontecer.
Então o mundo viverá verdadeiramente como um só.

Yoko Ono Lennon

VR EDITORA

em associação com a Anistia Internacional

Imagine que não há paraíso.

É fácil, se
você tentar.

Nenhum inferno abaixo da gente.

Acima,
só o **céu**.

Imagine todos
vivendo para o hoje.

Imagine que não há países.

Não é difícil de imaginar.

Nada por que matar ou morrer,

e também nenhuma religião.

Imagine todos vivendo
a vida em **paz**.

Você pode dizer que eu sou um sonhador,

mas não sou o único.

Espero que algum dia você se junte a nós,

e o mundo será
um só.

Imagine que ninguém quer
possuir mais nada.

Nem sei se você consegue.

Nenhuma fome ou
necessidade de cobiça.

Uma **irmandade**
de humanos.

Imagine todos
compartilhando
o mundo inteiro.

Você pode dizer que eu sou um sonhador,

mas não sou o único.

Espero que algum dia
você se junte a nós,

e o mundo viverá
sendo um só.

Letra original da canção

Imagine there's no heaven.
It's easy if you try.
No hell below us.
Above us only sky.
Imagine all the people
living for today.

Imagine there's no countries.
It isn't hard to do.
Nothing to kill or die for,
and no religion too.
Imagine all the people
living life in peace.

You may say I'm a dreamer,
but I'm not the only one.
I hope some day you'll join us,
and the world will be as one.

Imagine no possessions.
I wonder if you can.
No need for greed or hunger.
A brotherhood of man.
Imagine all the people
sharing all the world.

You may say I'm a dreamer,
but I'm not the only one.
I hope some day you'll join us,
and the world will live as one.

Este é um livro sobre a paz, que nos ajuda a desfrutar de uma vida feliz e segura. Para que a paz floresça, precisamos tratar sempre a todos de forma gentil, igualitária e justa.

Também precisamos cuidar de nossa preciosa liberdade chamada Direitos Humanos, que protegem a todos. Todos os bebês, crianças e adultos no mundo têm esses direitos. Eles foram primeiro proclamados em 1948, quando o mundo disse "nunca mais" aos horrores da Segunda Guerra Mundial. Foi então que a Declaração Universal dos Direitos Humanos nasceu. Os Direitos Humanos estão enraizados em valores como justiça, verdade, igualdade, amor ao lar e segurança. Eles são parte do que nos torna humanos e ninguém deve tirá-los de nós.

A Anistia Internacional trabalha para proteger os nossos Direitos Humanos. Agradecemos muito a Jean Jullien, por suas belas ilustrações, e a Yoko Ono Lennon, por sua bondade em nos deixar usar as maravilhosas palavras de John Lennon neste livro.

Queremos também agradecer a você por ajudar a tornar o mundo um lugar melhor.

Muito obrigado.

Se você é um adulto que aproveita os momentos de leitura com as crianças e quer explorar os valores contidos nas histórias, você pode baixar gratuitamente atividades em inglês deste livro e de outros em: www.amnesty.org.uk/education

Amnesty International UK
17-25 New Inn Yard
London EC2A 3EA
Tel 020 7033 1500
sct@amnesty.org.uk
www.amnesty.org.uk

Anistia Internacional Brasil
Praça São Salvador, 5-Casa
Laranjeiras 22.231-170
Rio de Janeiro - Brasil
contato@anistia.org.br
tel.: 00552131748607
www.anistia.org.br